CIRCONSTANCES ATTÉNUANTES.

ARTICLE 463

DU CODE PÉNAL.

COLMAR,

Imp. de Ch.-M. Hoffmann, Imp. de la Cour impériale,

1870.

CIRCONSTANCES ATTÉNUANTES.

CONVERSION.

ET POURTANT ELLE TOURNE.

(E PUR SI MUOVE).

UN MALHEUREUX.

LA SENSITIVE.

Colmar,

Imp. de Ch.-M. Hoffmann, imp. de la Cour impériale.

CIRCONSTANCES ATTÉNUANTES.

« Cicéron, prosateur illustre, tenait surtout à ses vers, qui, comme on le sait,
étaient mauvais. Montaigne rit de cette
erreur de goût. Michel de l'hospital, le
docte ami de Montaigne, moins éloquent
que Cicéron, fut meilleur ou plus heureux
poëte, car, indépendamment des éloges
de Montaigne, ses vers lui valurent la faveur de Henri II, qui faisait des vers pour
sa maîtresse ; de Charles IX, qui dédiait
les siens *au roi* Ronsard ; de Marie Stuart,

de Marguerite de Valois, amoureuses de poésie ; et sa muse bien plus appréciée que sa science ou sa vertu, marquant chacun de ses avancements, l'éleva aux magistratures suprêmes.

`D'Aguesseau, qui se modelait un peu sur Cicéron, se plaisait, entre deux harangues, à rimer une épître ou à tourner un madrigal. Montaigne est un admirateur de la vraie poésie ; il aime les beaux vers à ce point que quand le charme de la voix se joint à l'harmonie des vers, lorsqu'un lecteur mélodieux lui module les stances de Catulle ou d'Horace, « il ne » s'estime pas assez fort pour les ouïr, de » sens rassis. » A-t-il eu, de même que ces sérieux personnages, le talent ou la manie des vers ? « Il eust aimé, nous dit- » il, à faire des vers ; mais il les faisoit » mal, et on peult faire le sot partout » ailleurs, mais non en la poésie. »

Un peu plus loin, il confesse « qu'il a

» *basti* beaucoup de vers latins ; mais il
» les deschiroit bien vite et « se gardoit
» de les montrer à ses voisins, » ce qui
nous ramène à ce mot si connu d'Alceste,
du *misanthrope*.

« J'en pourrais, par malheur, faire d'aussi méchants,
« Mais je me garderais de les montrer aux gens. (1) »

Telle n'était pas, j'imagine, la pensée
de Denys, tyran ou, si vous aimez mieux,
roi peu constitutionnel de Syracuse. De-
venu maître de la Sicile, rassasié de toutes
les gloires, ce grand homme faisait de
mauvais vers, et qui pis est, de détesta-
bles tragédies. Plutarque, après Diodore,
nous apprend que le redoutable rimeur
« se glorifiait plus de ses vers que de ses
« guerres » ; et chacun sait ce qu'il en
coûtait pour n'être pas de son avis : Ses
plus anciens amis, noyés ou mis en croix ;

---

(1) *Michel de Montaigne, sa vie, ses œuvres et son temps*,
par F. de Bigorie de Laschamps. Firmin Didot, 1860, pag.
225-226. 2ᵉ édition.

Philistus et Leptines, ses meilleurs géné-
raux, proscrits et exilés ; le divin Platon,
lui-même, vendu, deux cents écus, en
l'île d'Œgine ; Philoxènes, un vrai poëte,
envoyé aux prisons des Carrières, sont là
pour témoigner qu'il n'était pas, alors,
précisément sans danger, d'entendre de
mauvais vers, d'une bouche royale. Un
beau jour, la ville d'Athènes, en quête
de puissantes alliances, s'avisa, dans je ne
sais quelle Olympiade, de couronner la
tragédie du vieux Denys, intitulée : *Les
Léneïens*. Il en mourut de joie, de muscat
et de vin de Chypre. — *Qualis artifex
pereo* ! —

Juste, deux mille ans plus tard, le car-
dinal de Richelieu qui, semblable à Denys,
avait tous les génies, même celui des mauvais vers ; qui s'entendait, assez bien,
comme le roi de Syracuse, aux drames,
aux tragédies en action, voulut rimer et
rima aussi mal que lui ; s'estimant, ainsi

que Denys, « le premier homme du monde, »
il voulut régner, même au Parnasse, faire
des tragédies prétendues poétiques ; il
organisa, chacun le sait , Mirame, œuvre
burlesque, et confina, par jalousie, Pierre
Corneille, non à la prison des Carrières,
mais dans son Ermitage de Bapeaume que
j'ai visité bien souvent, et dont le dernier
scribe, de nos jours, ne voudrait pas pour
l'échoppe de son brosseur. (¹)

Irritabile genus, pensera-t-on, que la
racc des mauvais poëtes. J'y vois , surtout, le signe ineffaçable de cette unité de
l'homme , vérité de la genèse , qui ne
s'attendait guère, à entrer dans ma digres-
sion. Denys l'ancien, Richelieu, à travers
vingt siècles de distance ; l'homme , un,
multiplié en mille échantillons ; rien de
neuf si ce n'est Dieu. Voilà de bien graves

---

(1) Bapeaume, petit village, près de Rouen.

choses, au service d'une fantaisie et des circonstances atténuantes. (¹)

Si, par mésaventure, mes pauvres vers, s'échappant du logis où je les tiens, depuis bientôt vingt ans, vont s'égarer chez un voisin, qu'il les traite, comme ils le méritent ; qu'il dise son fait à leur auteur ; il n'a pas à appréhender : « d'être ramené aux Carrières. »

Mais revenons à Michel de Montaigne, beaucoup plus endurant, par nature, que le roi Denys et le Cardinal-Duc. Poète, peut-être aussi médiocre que ces deux hommes illustres, l'auteur des *Essais* eut, ce qui leur manqua, la force de « se » juger à quartier, comme s'il jugeoit le

---

(1) Je trouve, au reste, très-naturel que Denys, Richelieu, habitués à tous les triomphes, dominant, de cent coudées, leur siècle, se soient crus, également, des rois en poésie. A certaines hauteurs, l'homme n'aperçoit plus de limites ; mais ces limites sont en lui.

» voisin » (¹) et ne souffrit jamais qu'on
« fit le sot en poésie. »

A merveille savais-je tout cela en 1853 ;
je risquai, nonosbtant, deux ou trois
douzaines de rimes. Pour aggraver ma
faute devant le tribunal que je préside,
donnons textuellement, la parole à Montaigne :

« On peult faire le sot partout ailleurs,
mais non en la poésie ;

Mediocribus esse poetis

Non di, non homines, non concessere
columnæ. (²)

« Pleust à Dieu que cette sentence se
trouvast au front des boutiques de touts

---

(1) *Essais* de Mont. *Se juger à quartier* — s'abstraire,
se dégager du *moi.*

(2) Hor. De art. poet.

nos imprimeurs, pour en deffendre l'entrée à tant de versificateurs ! (ch. xvii. liv. ii). »

Et, plus loin, son amour pour la vraie poésie s'affirme à étonner ceux qui s'obstinent à prétendre que le maître n'affirmait jamais.

«A certaine mesure basse, on peult iuger la poésie par les préceptes et par art. Mais la bonne, la suprême, la divine est au-dessus des règles de la raison. Quiconque en discerne la beauté, d'une veue ferme et rassise, il ne la veoit pas non plus que la splendeur d'un esclair : elle ne pratique point nostre iugement ; elle le ravit et ravage. (liv. i^{er}, ch. xxxvi.) »

« L'histoire, ajoute-t-il, c'est mon gibbier, en matière de livres, ou la poésie, que i'ayme, d'une particulière inclination ; car, comme disoit Cleanthes, tout ainsi que la voix, contrainte dans l'estroict canal d'une trompette, sort plus aigüe et plus forte ; ainsi me semble il que la sentence, pressée aux pieds nombreux de la poésie, s'eslance bien plus brusquement, et me fiert, d'une plus vifve secousse. (LIV. Ier CH. XXV). »

Ailleurs : « Dez ma première enfance, » la poësie a eu cela, de me transpercer » et de me transporter. » (LIV. Ier. CHAP. XXXVI.)

Dans son livre Ier, CHAP. XXVIII, dédié à la belle Corisande, (la comtesse de Grammont) à laquelle il envoie vingt-neuf sonnets de son ami la Boëtie, Montaigne s'exprime ainsi : «Ce présent m'a semblé vous être propre, d'aultant qu'il est peu de dames, en France, qui iugent mieulx et se servent, plus à propos que vous, de la poësie, » et, terminant ce court chapitre :

« N'entrez pas, dit-il à la jolie comtesse, en jalousie de quoy vous n'avez que le reste de ce que pieça (déjà) i'en ay fayct imprimer soubs le nom de Monsieur de Foix., vostre bon parent : car, certes, ceulx cy ont ils ne sçay quoy de plus vif et de plus bouillant ; comme il les feit en sa plus verte ieunesse et eschauffé d'une belle et noble ardeur que ie vous diray, madame, un iour, à l'aureille. Les aultres furents faycts depuis, comme il estoit à la poursuite de son mariage, en faveur de sa femme, et sentent desia ie ne sçay quelle froideur maritale. Et moy, ie suis de ceulx qui tiennent que la poësie ne rid point ailleurs, comme elle fayct en un subiect folastre et desréglé. »

Il y a deux ans, des terrasses de Montaigne (1) je voyais les tourelles en ruines,

---

(1) Ce magnifique domaine appartient à M. le sénateur Magne, ancien ministre. Il en cultive, il en restaure, avec la ferveur d'un lettré compétent, la partie historique. Au milieu

du château de Diane d'Andouins, comtesse de Grammont de Guiche, dite la
belle Corisande. Ce château, nul ne l'i-
gnore, fut très-connu du Vert-Galant. Mais
l'amour, le dévouement inaltérables que
la belle Corisande conserva au roi Henri,
dans toutes ses fortunes ; l'efficace énergie
de son concours politique, le sacrifice de
la plus notable partie de ses biens à la cause
d'un prince aussi volage que vaillant,
alors que, pour Henri IV, la comtesse
Diane n'était déjà plus qu'une amie ;
toutes ces circonstances, assez rares, ont
fait à madame de Grammont une place à
part, dans le ciel des étoiles royales. Son
roman de cœur avec le Béarnais, ne s'en-
gagea, du reste, qu'après la mort du
comte de Grammont et Diane n'avait pas
encore 26 ans. Aussi le suffrage de Mon-

---

des splendeurs, singulièrement rehaussées, du château de
Montaigne, on sent que le respectueux possesseur s'est efforcé
de suivre la pensée du maître, même dans l'agrandissement
du logis.

taigne, fort peu suspect en matière d'a-
dulations, surtout vers les régions prin-
cières , mérite-t-il d'être noté , lorsqu'il
l'accorde à la châtelaine sa voisine. Il
veut que les sonnets de son ami la Boëtie
soient protégés, portant, en tête, le nom
de la comtesse « et pour l'honneur que
» ce leur sera d'avoir pour guide , cette
» grande Corisande d'Andouins. »

Le culte des lettres et de la poésie était,
d'ailleurs, traditionnel dans la maison de
Foix d'où descendait la belle Corisande.

Aux femmes savantes ou *précieuses*,
de son temps, en un mot, aux pédantes
qu'il avait dessinées, d'un trait , avant
Molière, à celles qui : « allèguent Platon
et St-Thomas aux choses ausquelles le
premier rencontré serviroit aussi bien de
tesmoing ; dont la doctrine qui ne leur
a peu arriver en l'âme, leur est demeurée
en la langue, » il conseille le retour à
l'esprit simple et fin si naturel aux fem-

mes. Loin d'abaisser leurs facultés, il les précise et les relève avec non moins d'art et plus de justice que Molière ; car, notre grand comique dépassait, sciemment, lé but, pour atteindre les ridicules de l'école.

« Quand je vous veois, continue Montaigne, à ses belles clientes, attachées à la rhétorique, à la iudiciaire, à la logique, et semblables drogueriès si vaines et inutiles à vos besoings, i'entre en crainte que les hommes qui vous les conseillent, le facent pour avoir loy de vous régenter, soubs ce titre. — Quelle aultre excuse leur trouverois-ie ?

« Point n'est besoing de scholastique aux femmes pour commander à la baguette et régenter les régents et l'escholle. »

La discipline de leurs yeux, alternée de gaieté, de sévérité, de douceur, « assaissonnée d'un nenny de rudesse, de doubte et de faveur, » voilà leur science et leur vraie force.

Au philosophique et clairvoyant époux
de Françoise de La Chassaigne, il était,
cependant, difficile de signer un tableau de
genre féminin, sans décocher une malice à
ses modèles ; et s'il conseille la poésie
aux femmes, ce ne sera pas précisément
la poésie qui « le ravit et ravage », les
chants de Virgile, de Catule, de Lucrèce
ou d'Horace ; il les dirige aux régions
plus légères : « si toutes fois il leur fasche
» de nous céder en quoy que ce soit, et
» veulent, par curiosité, avoir part aux
» livres, la poësie est un amusement
» propre à leur besoing. C'est un art
» folastre et subtil, desguisé, parlier, [1]
» tout en plaisir, tout en montre, comme
» elles. »

Quelques lignes, plus bas, on pourrait
croire à un retour de tendresse, au moins
à un accès de sérieux intérêt ; mais atten-

_____

[1] *Parlier*, (bavard).

dons la fin ; nous y verrons, avec quelle bonhomie dangereuse , l'humoristique châtelain entremêle ses dernières instructions , d'une dose à peu près égale de bienveillance et d'un autre ingrédient. « Les femmes tireront aussi diverses commoditez de l'histoire. En la philosophie, de la part qui sert à la vie , elles prendront les discours qui les dressent à iuger de nos humeurs et conditions , à se deffendre de nos trahisons , à régler la témérité de leurs propres désirs, à mesnager leur liberté, allonger les plaisirs de la vie, et à porter, humainement, l'inconstance d'un serviteur, la rudesse d'un mary, et l'importunité des ans et des rides et choses semblables. Voylà, pour le plus, la part que ie leur assignerois aux sciences (LIV. III. CHAP. III.) » La part, comme le voit, n'a rien d'exagéré, et je doute que madame Olympe Audouart, ait un goût prononcé pour Montaigne.

---

(1) Olympe Audouart, Femme de Lettres, qui ne fera

Disciple fervent, compagnon assidu de
Montaigne, comment n'avoir pas redouté
ses malédictions ou, ce qui serait, cent fois
pire, ses railleries d'outre tombe, quand
j'alignais mes quelques strophes ? C'est
que je les procréais, à huis clos ; « que je
» me gardais, que je me garderai de les
» montrer à mes voisins. » Si ma mémoire
n'est pas aussi mauvaise (¹) que celle de
Michel Eyquem, c'est d'ailleurs un péché
unique. Madame Sophie Hüe, l'éminent
auteur des *maternelles*, (²) m'avait, en se
jouant, décoché son épître : *la Conversion ;* je crus devoir répondre, ne fût-ce
que par respect humain. Cela me valut :
un malheureux. Vint ensuite *la sensitive*
que ma gracieuse amie faisait si bien

---

pas oublier Georges Sand et s'est placée à la tête des plus
abondantes *oratrices* des clubs *d'émancipation scientifique
et politique de la femme.*

(1) Aussi mauvaise (aussi gourde). Je la soupçonne meil-
leure qu'il ne le voulait dire.

(2) 3ᵉ édition 1868, librairie Hachette.

parler, que je dus supplier la singulière plante de me souffler quelques mots de réponse. Voilà le bilan de mes crimes ; il n'est pas assez lourd pour que le châtelain de Montaigne m'applique la pénalité qu'il réclamait contre les mauvais poëtes de son temps ; il innocentait, je suppose, les versificateurs, à huis clos. Enfin j'étais alors avocat général et très-jeune ; est-ce une double excuse ? Tacite répondrait : *Incertum.* De cet exposé, il résulte, comme nous disons au Palais, « qu'en » mars et mai 1853, j'ai commis à Rennes, » *deux tentatives* de vers manifestées par » un commencement d'exécution, qui » n'ont manqué leur effet que par des cir- » constances indépendantes de la volonté » de leur auteur. »

Je doute que la charmante Corisande, dont Montaigne loue la poésie, lui eût paru un vrai poëte, s'il avait rencontré, dans ses relations intellectuelles, en vertu de l'u-

nité humaine , l'auteur des *Maternelles.*
Ce que j'affirme, c'est que ce livre s'ins-
pire à des sources si hautes et si pures
que si jamais Corisande d'Andouins fut
tentée de s'y abreuver, il lui sera de plus
en plus pardonné. Ce que j'atteste , dans
la sérénité de ce tribunal fort intime dont
je me constitue le patient et le juge, c'est
que si l'auteur des *Essais* avait connu les
Maternelles et d'autres merveilleux trésors
gardés par une modestie trop-inflexible,
il aurait, dans son admiration du Beau, été
singulièrement tenté d'élargir les limites
qu'il assignait à la capacité des femmes.

Montaigne m'absoudrait donc, ou à peu
près, d'avoir fait de mauvais vers, désireux
de répondre à un bon poète ou d'exciter
sa verve. Pourquoi , d'ailleurs , n'invo-
querais-je pas , à mon profit, les circonstances atténuantes que j'ai, plus d'une
fois, à mon corps défendant, appliquées à
de plus mauvais cas. Afin de me mettre

en paix avec moi-même, je m'empare,
pour mon propre repos, de l'article 463,
déjà cité en épigraphe et que tous les
gens véreux affectionnent.

Invention émoliente des philantropes
de 1830, délayée jusqu'à la démence, par
les coquinphiles de nos jours, cette pa-
nacée souvent absurde, peut-elle servir
à quelque chose, en dehors du mal social
qu'elle dorlote et entretient ?

Demandez plutôt à Latheauvers, ce
doux Belge et au benoît Jules Simon ?

Le P. P.

F. de B. de L.

Colmar, 5 mai 1870.

CONVERSION.

Quand le temps de Pâques s'approche,
  Quand renaît le soleil d'Avril,
On voit s'ouvrir la blanche cloche,
  Du blanc muguet au vert pistil.

C'est ainsi que mon âme s'ouvre
  Au soleil de la vérité,
Pauvre âme en peine où l'on découvre
  Tout un monceau d'iniquité.

Heureux , en ce temps salutaire

Où l'on dépose son péché ,

Qui rencontre un missionnaire

Comme celui qui m'a prêché !

C'est peu d'avoir , avec courage ,

En moi semé le repentir ,

Il faut achever votre ouvrage ,

Et tout−à−fait me convertir ;

Prenez donc votre voix bénigne,

Penchez le cou, clignez des yeux,

Dites−moi que je suis maligne

Et gardez votre sérieux !

Ayant fait cela, j'imagine,

Que vous pourrez, du même ton,

Sans que rien change à votre mine,

Dire aussi que vous êtes bon !

Pourquoi pas ? cet aveu me touche,

Il est écrit (oh, c'est frappant),

Sur les deux coins de votre bouche,

Qui se joue ainsi qu'un serpent,

Au milieu de ce paysage,

Si finement accidenté,

Que Dieu vous donna pour visage,

Un jour qu'il était en gaîté.

Qu'importe, on en prend à sa guise,

A sa guise on change de peau,

En berger le loup se déguise,

Et le *Chacal* se fait agneau (1).

---

(1) Marie Capelle, cette *innocente* contre laquelle j'avais plaidé à Tulle, en 1842, m'avait, dans *ses mémoires*, traité de jeune chacal. F. de B.

Vous êtes bon ! moi pécheresse ;

    Sans charité pour mes bourreaux,

J'ai quelques fois, je le confesse,

    Au pilori cloué les sots.

Vous êtes bon ! votre franchise,

    Dessillant mes yeux, malgré moi,

Je veux parler de la sottise.

    Avec le respect qu'on lui doit.

Je veux la couvrir d'eau bénite,

    Je veux lui jeter l'hameçon ;

J'attends de vous, toute contrite,

    L'exemple autant que la leçon.

Désormais, de crainte de blâme

    Je m'effarouche aux moindres mots

Et, d'office, je vous proclame,

    Avocat général des sots.....

ET POURTANT ELLE TOURNE.

(E PUR SI MUOVE!)

~~~~~~~

Un rêveur consciencieux,

   Affirmait que notre planète,

Autour du soleil, dans les cieux,

   Se promenait en estaffette.

Nenni, fit—on, c'est une erreur,

   Il faut abjurer au plus vite,

Ou de par le ciel...; il eut peur

   Et demanda de l'eau bénite.

Mais le malin l'avait tenté
Et lui soufflait que le parjure,
Guérirait un peu la blessure
Qu'on faisait à sa liberté.

Je serai beaucoup plus sincère,
Bien qu'à peu près aussi peureux ;
Et, mon jugement téméraire,
Je le relègue aux cas véreux.

Quand je vous taxai de malice,
J'avais donc l'esprit à l'envers,
Au miel qui coule de vos vers,
Je vois bien ma noire injustice.

Je vois bien que la charité,
Muse divine, en vous respire,
Et qu'au ciel bleu de son empire,
Vous rayonnez, en vérité.

Je me tais, ma frayeur s'explique,

Frémissant d'un ressouvenir,

Si, sur moi tombe une réplique

Hélas, que vais-je devenir !

SOPHIE HÜE.

Rennes, 27 mars 1853.

Je vois et je hais la chimère,

   Qui me fit penser autrement,

J'en prends à témoin, sous serment,

   L'*immobilité* de la terre.

Je me sens à jamais guéri,

   De mes velléités d'apôtre ;

Je prendrais les péchés d'un autre,

   Tant je suis marri, bien marri.

Mais, si j'osais me reconnaître,

   Dans ce croquis, par vous jeté,

D'un être bon..., je voudrais être,

   Moulé sur cet air de bonté.

Peintre obscur, je ne puis, madame,

   Sans les gâter, toucher vos traits ;

Ils ont votre esprit et votre âme ;

   A Sylphe et Lutin, ces portraits.

Dimanche soir, 27 mars 1853.— Rennes.   F. DE B.

UN MALHEUREUX.

Des infortunés la voix monte,
Jusqu'à mon cœur, sur l'aile prompte,
Qu'à son dos porte la pitié ;
Ma muse, en naïve personne,
De ses plus doux vers fait l'aumône.

Comment peindrai-je mon modèle,
A l'huile, à l'encre, à l'aquarelle,
Mon pinceau recule, peureux ;
Il faudrait Ingre et sa palette,
Pour tracer l'esquisse complète
Du malheureux des malheureux.

En lui-même quand il regarde,

Il ne voit que murs en lézarde

Où le lierre ne pousse pas ;

Il se prend en pitié lui-même,

De traîner, dans leur manteau blême

Tant de désespoirs, sur ses pas.

Ce que j'admire, c'est sa force,

Quand il n'est plus rien que l'amorce,

Il sait à tout mettre la main ;

Il contraint sa mélancolie,

Lorsque la polkeuse est jolie,

A polker jusqu'au lendemain.

Son dégoût des choses du monde,

Sa tristesse morne et profonde,

Ne font qu'aiguiser son esprit ;

Il s'arrange avec ses disgrâces ;

Devant les gâteaux et les glaces,

Sa tristesse a bon appétit.

Il enferme en son cerveau sombre,

Bien abrité, pas trop à l'ombre,

Un musée où ses papillons :

Alignés le long d'une tringle,

Retenus au bout d'une épingle,

Sont rangés en collections.

On en voit là, de toutes formes

Papillons, nains, géants, difformes,

En plein cœur, par l'épingle atteints ;

Peu surtout de papillons roses,

Les plus beaux sont les plus moroses,

Et surtout ceux en papiers peints.

Ce penchant de naturaliste,

Peut seul aider cet homme triste

A ne pas se couper le cou ;

Pour compléter sa galerie

Chaque douleur de fantaisie

A son jour, son prisme et son clou.

N'importe ! il souffre. il est à plaindre,

De son courage à se contraindre

Ne rabaissons pas ses chagrins ;

Son destin fatal, et pour cause,

Dieu l'écrit en feuilles de rose

N'importe ! il souffre et je le plains.

L'âme navrée, on le devine,

Il verrait coudre un bout d'hermine,

A sa pourpre aux funèbres plis ;

C'est la crypte et non la colonne,

Et quand chacun dit : Babylone,

Moi je réponds : Nécropolis !

SOPHIE HÜE.

Vitré, 24 juin 1853. (1)

---

(1) Nonobstant, j'ajoute, sur le champ : *Un malheureux*, c'est moi ; c'est bien plus moi que madame Hüe ne le croit. Est-ce un pressentiment , est-ce une inclination ? C'est le secret de Dieu, renfermé dans les plis du temps.

Rennes, 25 juin 1853.

F. DE B.

LA SENSITIVE.

~~~~~~~~~~

Toi, moitié plante et moitié femme,
   Sensitive, vivante fleur,
J'ai dit souvent : est-il une âme,
   Cachée au fond de ta pudeur ?

Dieu t'a-t-il mise à la limite
   Où je commence où tu finis ?
Ta frêle feuille qui palpite,
   A les battements infinis

De mon sein qu'émeut ma pensée ;

Mais peux-tu penser à ton tour,

Peux-tu, sur la tige froissée,

Frissonner de crainte ou d'amour ?

Si l'on t'effleure, tu te penches,

Une souffrance te flétrit ;

Et l'instant d'après, sur tes branches

L'espoir se pose et te guérit.

Souffrir, attendre, c'est la vie :

Ainsi que toi, sans me lasser,

A chaque illusion ravie,

J'en laisse une autre me bercer.

Qu'es-tu donc ? que suis-je moi-même ?

Prends ma voix pour te révéler ;

Incline-toi vers moi qui t'aime,

Comme une sœur qui va parler.

LA SENSITIVE.

~~~~~~~~

Je suis le doigt de Dieu buriné sur la plante,

Pour que l'homme. en passant, se souvienne de Dieu ;

Une idée est mon nom ; suis-je la fleur qui chante,

Ce chant tombé du ciel , qui s'affirme en tout lieu ?

Suis-je la moitié d'un mystère,

Ange, là-haut, fleur, sur la terre ?

Suis-je un rayon emprisonné,

Dans une tige abandonné ?

Suis-je la vie et non le verbe ?

Suis-je l'hymne intime et muet,

Suis-je l'indicible secret

D'un brin d'âme sur un brin d'herbe ?

Je suis l'Alpha du livre d'or,

Qu'en sept feuillets voulut écrire

Jéhovah et que l'homme encor,

Éternel enfant n'a pu lire.

Je suis le souffle et non le cœur,

Qui soupire un mot que j'envie ;

Je ne vis pas, moi, pauvre fleur,

Le linéament de la vie.

Des mystères toujours, ces limbes du destin,

Passagers tourmentés, est-ce la loi du monde ?

Fleur qui fuis mes regrets, comme tu fuis ma main,

Quand se fera le jour, dans notre nuit profonde ?

Mais tu fuis ma main caressante,

Le doute a ressaisi mon cœur ;

Tour à tour calme ou frémissante

N'es-tu donc rien — rien qu'une fleur.

Est-ce le hasard qui te plisse

Au toucher d'un doigt indiscret ?

Non, Dieu n'a rien fait par caprice,

Mais il a gardé son secret.

Dans les mystères de ton être

Il l'écrivit en te créant ;

Et c'est le grand secret peut-être,

Le secret que nous cherchons tant.

Être humain, différend de forme,

Mais subissant la même loi,

Voici qu'un peu de chloroforme

Peut t'endormir ainsi que moi.

Voici que glacée, immobile,

Pendant ton sommeil, un moment,

De toi la main la plus hostile

Peut s'approcher impunément.

La science, effleurant les choses,

S'émerveille de ses progrès,

Mais, au feuillet où sont les causes,

Nous n'épelons que les effets.

Ah, ma pensée en vain te sonde,

Tu te refermes aussitôt ;

Sensitive, énigme profonde,

Qui trouvera ton dernier mot ?

Rennes, 3 mai 1853. (1)   SOPHIE HÜE.

---

(1) *P. S.* Le rapport fait à l'académie des *sciences morales et politiques,* sur la *chloroformisation* de la sensitive, nous inspira la pensée de ce dialogue , simple et soudaine expression d'un étonnement fort naturel. L'effet est resté constaté ; la plante s'est parfaitement endormie. Mais la cause, la vraie cause, où est-elle ?   . F. DE B.

Dans ta nuit sombre il brillera,

Ce jour de saphirs et d'étoiles,

Sans limbes, sans ombres, sans voiles ;

Livre éclatant de Jéhovah.

Sensitive à frêle enveloppe,

Humbles tiges et palmiers rois ;

Fleurs des vallons et fleurs des bois,

A tes yeux, divin mycroscope,

Feront resplendir, tour à tour,

Le secret que leur sein renferme ;

Secret dont le monde est le germe,

Dont le dernier mot est l'amour ;

Quand tu diras hardiment : j'aime,

De tout l'élan d'un cœur ému ;

L'amour c'est Dieu, c'est l'inconnu,

Comme une fleur est un poëme.

Rennes, 5 mai 1853   F. DE B.

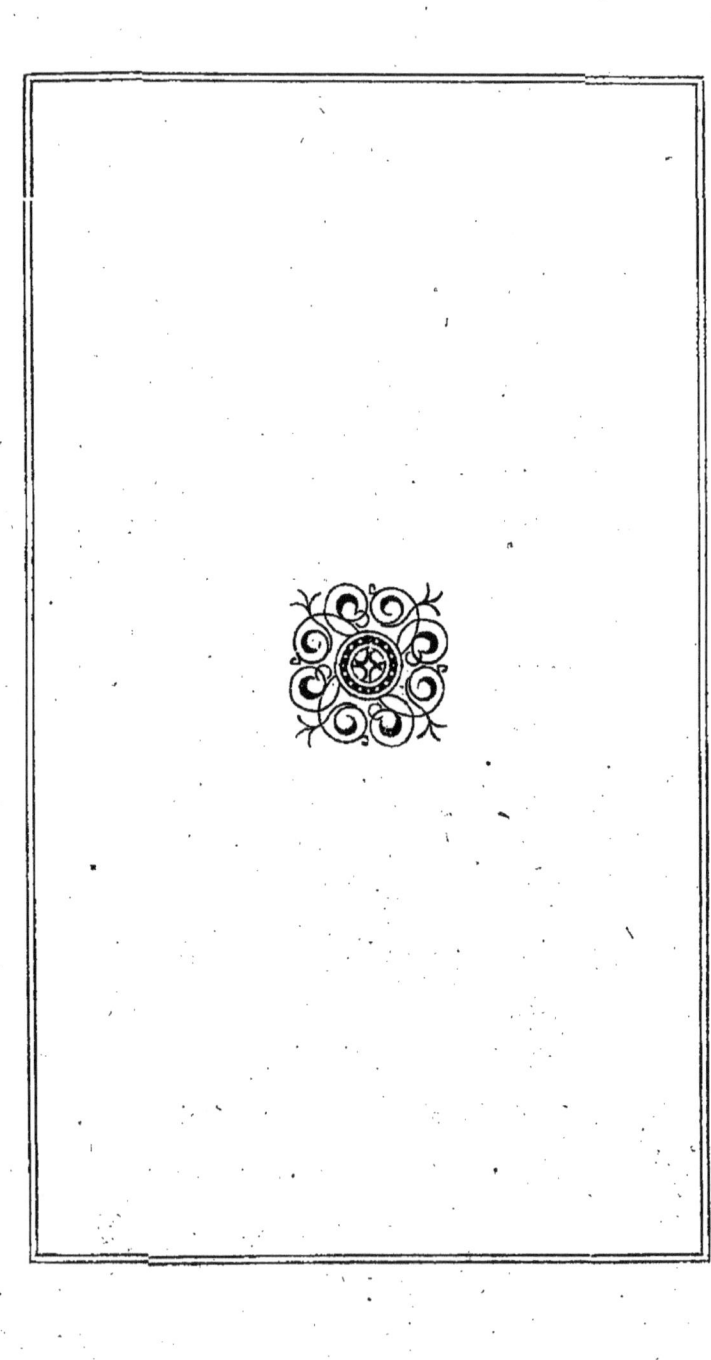

www.ingramcontent.com/pod-product-compliance
Lightning Source LLC
Chambersburg PA
CBHW061659180626
46818CB00003B/1177